50 grados bajo cero

cuento de **Robert Munsch**
arte de **Michael Martchenko**
traducción de **Yanitzia Canetti**

annick press
Toronto • New York • Vancouver

Annick Press Ltd.

Agradecemos la ayuda prestada por el Consejo de Artes de Canadá (Canada Council for
the Arts), el Consejo de Artes de Ontario (Ontario Arts Council) y el Gobierno de Canadá
(Government of Canada) a través del programa Book Publishing Industry Development
Program (BPIDP) para nuestras actividades editoriales.

Cataloging in Publication Data

Munsch, Robert N., 1945-
[50 below zero. Spanish]
     50 grados bajo cero / Robert Munsch ; arte de Michael
Martchenko ; traducción de Yanitzia Canetti.

Translation of: 50 below zero.
ISBN 978-1-55451-110-5

   I. Martchenko, Michael II. Canetti, Yanitzia, 1967- III. Title.
PS8576.U575F4418 2007   jC813'.54   C2007-901693-6

Distribuido en Canadá por: Publicado en U.S.A. por: Annick Press (U.S.) Ltd.
Firefly Books Ltd.   Distribuido en U.S.A. por:
66 Leek Crescent   Firefly Books (U.S.) Inc.
Richmond Hill, ON   P.O. Box 1338
L4B 1H1   Ellicott Station
    Buffalo, NY 14205

Printed and bound in China.

Visítenos en: www.annickpress.com

A Jason, Watson Lake
y a Tyya, Whitehorse, Yukon Territory

En medio de la noche, Jason dormía tranquilamente: zzzzz, zzzzz, zzzzz, zzzzz.

De pronto escuchó un ruido! Se levantó
de un salto y dijo:

—¿Qué es eso? ¿Qué es eso? ¡Qué es eso!
Jason abrió la puerta de la cocina…

y allí estaba su padre, quien caminaba dormido. Estaba acostado encima del refrigerador.

—¡DESPIERTA, PAPÁ! —le gritó Jason. Su padre dio un brinco, dio tres vueltas alrededor de la cocina, y regresó a la cama.

"¡Esta casa está cada vez más loca!", se dijo Jason, y regresó a la cama.

Jason se quedó dormido: zzzzz, zzzzz, zzzzz, zzzzz, zzzzz.

¡De pronto escuchó un ruido! Se levantó de un salto y dijo:

—¿Qué es eso? ¿Qué es eso? ¡Qué es eso!

Jason abrió la puerta de la cocina. Y allí no había nadie.

Abrió la puerta del baño...

y allí estaba su padre, durmiendo en la bañera.

—¡DESPIERTA, PAPÁ! —le gritó Jason. Su padre dio un brinco, dio tres vueltas alrededor del baño, y regresó a la cama.

"¡Esta casa está cada vez más loooca!", se dijo Jason. Pero estaba demasiado cansado para hacer algo al respecto, así que regresó a su cama.

Jason se quedó dormido: zzzzz, zzzzz, zzzzz, zzzzz, zzzzz.

¡De pronto escuchó un ruido! Se levantó de un salto y dijo:

—¿Qué es eso? ¿Qué es eso? ¡Qué es eso!

Jason abrió la puerta de la cocina. Y allí no había nadie. Abrió la puerta del baño. Y allí no había nadie. Abrió la puerta que daba al garaje…

y allí estaba su padre, durmiendo encima del carro.

—¡DESPIERTA, PAPÁ! —le gritó Jason. Su padre dio un brinco, dio tres vueltas alrededor del carro, y regresó a la cama.

"¡Esta casa está cada vez más loooooca!", se dijo Jason. Pero estaba demasiado cansado para hacer algo al respecto, así que regresó a su cama.

Jason se quedó dormido: zzzzz, zzzzz, zzzzz, zzzzz, zzzzz.

¡De pronto escuchó un ruido! Se levantó de un salto y dijo:

—¿Qué es eso? ¿Qué es eso? ¡Qué es eso!

Jason abrió la puerta de la cocina. Y allí no había nadie. Abrió la puerta del baño. Y allí no había nadie. Abrió la puerta que daba al garaje. Y allí no había nadie. Abrió la puerta de la sala. Y allí no había nadie.

Pero la puerta de entrada estaba abierta, y las huellas de su padre se adentraban en la nieve, y esa noche había 50 grados bajo cero.

"Caramba", se dijo Jason, "mi padre está afuera en pijama. Se va a congelar como un cubo de hielo".

Así que Jason se puso tres gruesos trajes impermeables, tres abrigos, seis mitones calentitos, seis pares de medias calentitas y un par de botas bien calentitas llamadas *mukluks*. Luego salió por la puerta y fue tras las huellas de su padre.

Jason caminó y caminó y caminó y caminó. Y por fin encontró a su papá. Estaba recostado a un árbol.

—¡DESPIERTA, PAPÁ! —le gritó Jason.

Su padre no se movió.

—¡DESPIERTA, PAPÁ! —le gritó Jason tan alto como pudo.

Su padre seguía aún sin moverse.

Jason trató de cargar a su padre, pero era demasiado pesado.

Jason corrió a casa y agarró su trineo. Luego empujó a su padre sobre el trineo y lo llevó a casa. Cuando llegaron al pórtico del patio, Jason agarró el enorme pie de su padre y lo jaló escaleras arriba: pum, pum, pum, pum.

Lo arrastró por todo el suelo de la cocina: crich, crich, crich, crich. Después Jason metió a su padre en la bañera y abrió la llave del agua caliente.

blu.

blu,

blu,

blu,

blu,

La bañera se llenó hasta arriba: blu,

El padre de Jason dio un brinco, dio tres vueltas alrededor del baño, y regresó a la cama.

"¡Esta casa está cada vez más loca!", se dijo Jason. "Algo tengo que hacer". Así que agarró una cuerda larga y ató un extremo a la cama de su padre y el otro extremo al dedo gordo del pie de su padre.

Jason se fue a dormir: zzzzz, zzzzz, zzzzz, zzzzz, zzzzz.

¡De pronto escuchó un ruido! Se levantó de un salto y dijo:

—¿Qué es eso? ¿Qué es eso? ¡Qué es eso!

Jason abrió la puerta de la cocina…

y allí estaba su padre, parado en medio del piso.

"Bien", se dijo Jason, "este debe ser el final de las caminatas nocturnas. Ahora ya voy a poder dormir".

En medio de la noche, la madre de Jason dormía tranquilamente: zzzzz, zzzzz, zzzzz, zzzzz.

¡De pronto escuchó un ruido! Se levantó de un salto y dijo:

—¿Qué es eso? ¿Qué es eso? ¡Qué es eso!

Abrió la puerta de la cocina y...

The *Munsch for Kids* series

The Dark
Mud Puddle
The Paper Bag Princess
The Boy in the Drawer
Jonathan Cleaned Up, Then He Heard a Sound
Murmel, Murmel, Murmel
Millicent and the Wind
Mortimer
The Fire Station
Angela's Airplane
David's Father
Thomas' Snowsuit
50 Below Zero
I Have to Go!
Moira's Birthday
A Promise is a Promise
Pigs
Something Good
Show and Tell
Purple, Green and Yellow
Wait and See
Where is Gah-Ning?
From Far Away
Stephanie's Ponytail
Munschworks: The First Munsch Collection
Munschworks 2: The Second Munsch Treasury
Munschworks 3: The Third Munsch Treasury
Munschworks 4: The Third Munsch Treasury
The Munschworks Grand Treasury

Libros de la serie *Munsch for Kids* son:

Los cochinos
El muchacho en la gaveta
Agú, Agú, Agú
El cumpleaños de Moira
Verde, Violeta y Amarillo
Bola de Mugre
La princesa vestida con una bolsa de papel
El papá de David
El avión de Ángela
La estación de los bomberos
La cola de caballo de Estefanía
!Tengo que iri
Traje de nieve de Tomás
Jonathan limpió... luego un ruido escuchó
Mortmer
La sorpresa del salón
50 grados bajo cero